RÉPONSE

AUX OBSERVATIONS

DE M. LE MARQUIS

DE LALLY-TOLENDAL,

SUR LA DÉCLARATION

DE CINQUANTE-DEUX PAIRS DE FRANCE;

PAR M. H. DE FONTENEUILLE.

La Loi partout, l'arbitraire nulle part.

PARIS.

LE NORMANT, IMPRIMEUR-LIBRAIRE,

RUE DE SEINE, N° 8, PRÈS LE PONT DES ARTS.

MDCCCXXI.

RÉPONSE

AUX OBSERVATIONS

DE M. LE MARQUIS

DE LALLY-TOLENDAL.

UN noble pair vient de publier un écrit (1) contenant des observations sur la déclaration de plusieurs pairs de France, insérée dans *le Moniteur* du 27 novembre dernier.

Cette déclaration paroît inspirer au noble marquis un vif étonnement ; j'oserai exprimer celui non moins vif qu'ont fait naître en moi *les observations*; j'oserai même examiner si elles sont fondées : c'est une liberté que je crois permise, je n'ignore pas à quelles conditions; je saurai les respecter.

Le noble pair s'est attaché, dès son début, à chercher à atténuer, par des expressions choisies et placées avec une intention bien évidente, l'importance de l'acte qu'il censure : *c'est un papier remis par quelques pairs à M. le chancelier qui n'étoit plus en fonction; ce papier ne peut trouver place dans les archives de la Chambre*, etc. — J'ignore quelles sortes de pièces ont droit à une place dans les archives de la Chambre des Pairs : j'avois pensé qu'un acte public, émané de cinquante-deux de ses membres, pouvoit prétendre à cet honneur; je crois encore qu'elles renferment des documens beaucoup moins essentiels, beaucoup moins susceptibles de fixer un jour l'attention d'un historien; et si l'importance d'un tel acte se mesure, comme cela semble assez naturel, sur le degré d'in-

---

(1) Je n'ai pu me procurer que fort-tard cet écrit que son auteur n'a pas mis en vente.

térêt qu'il inspire au public, sur la gravité des questions qui s'y rattachent, il en est peu qui, plus que celui dont il s'agit ici, me paroissent mériter d'être remarqués et conservés.

Le noble pair n'ignore pas, sans doute, à quel point l'arrêt de la Cour et la déclaration qui s'en est suivie ont excité l'attention des hommes qui réfléchissent (ces hommes-là sont aujourd'hui en très-grand nombre), et aussi avec quelle vivacité, j'oserai dire même avec quelle unanimité, l'opinion s'est prononcée sur une question que l'on voudroit présenter comme très-compliquée, et qui est en effet si simple qu'il suffit de la poser pour la résoudre.

Le sentiment d'une extrême susceptibilité, sentiment d'ailleurs bien honorable lorsqu'il est inspiré par un juste respect pour l'opinion, semble ne pas avoir été sans quelque influence sur l'esprit du noble pair, lorsqu'il a cru devoir qualifier la démarche de ses collègues, et peut-être trouvera-t-on qu'il ne lui a pas permis d'exposer les faits avec une parfaite exactitude ; ils sont positifs ; je vais les rétablir. Les cinquante-deux pairs, signataires de la déclaration, *n'ont accusé, n'ont dénoncé personne* ; ils ont satisfait à leur conscience vivement inquiétée par les dispositions d'un arrêt qui leur paroissoit porter une atteinte grave aux principes sur lesquels notre ordre social se trouve aujourd'hui en partie fondé.

Cinquante-deux pairs ne se trouvent point dans cette affaire en opposition avec cinquante-huit, mais bien soixante et onze avec trente-neuf; car il est fort essentiel de remarquer que l'opposition ne résulte pas ici de la participation accordée ou refusée à la signature de l'arrêt, mais bien de la dissidence d'opinion qui s'est manifestée sur la proposition de consacrer, en quelque sorte, par une nouvelle application, l'extension arbitrairement donnée au pouvoir légal de la Cour.

La signature de l'arrêt est une pure formalité, qui n'entraîne nullement l'idée que les signataires en aient

approuvé les dispositions, surtout lorsqu'à l'égard
de dix-neuf le contraire est prouvé par la nature du
vote qu'ils ont émis. Cette circonstance est tellement
étrangère à la validité du jugement comme à son
approbation, que la signature des cinquante-deux
pairs ne se trouvant pas au pied de l'arrêt, il n'en
reçoit pas moins sa pleine et entière exécution; enfin
les dix-neuf pairs qui ont cru pouvoir le signer sans
conséquence, appartiennent visiblement à la majorité
des soixante et onze membres qui regardent l'arrêt
comme entaché d'illégalité, et non pas à la minorité
des trente-neuf qui l'a dicté, je ne veux pas dire qui
l'a imposé à cette même majorité.

Au surplus, voyons les termes du considérant
relatifs à l'application de la peine :

« Et néanmoins, attendu que la majorité numé-
» rique des membres de la Cour qui a voté contre
» lui l'application *des peines* portées à l'article 90
» du Code pénal, et ce *dans la conviction où elle*
» *est qu'il n'appartient pas à la Cour d'appliquer*
» *des peines qui ne sont pas celles prononcées par*
» *la loi contre le fait incriminé;* ne formant pas la
» majorité des cinq huitièmes, adoptés jusqu'à ce
» jour dans les jugemens rendus par la Cour, l'obli-
» gation de choisir entre deux opinions, dont
» aucune n'a pu obtenir la majorité requise, en-
» traîne la nécessité d'adopter l'opinion la moins
» sévère, etc. »

Ne ressort-il pas de ce texte, et avec le dernière
évidence, que l'arrêt (en ce qui concerne l'application de la peine) n'a pas été *passé à la majorité
légale de la Cour,* comme le noble pair a cru pouvoir l'écrire. Et, rappelant les chiffres qui se présentent
ici avec beaucoup d'autorité, je vois 39 votes qui
disent oui, 71, non; je demande où est la majorité?
où est la minorité? à qui appartient l'arrêt ?

Le noble pair, s'étant imposé la tâche de le justifier,
pose à cet effet deux questions distinctes : celle du
droit, et celle du fait; il insiste beaucoup sur la

seconde; point ou très-peu sur la première; je suivrai une marche toute différente. L'autorité des précédens est une autorité souvent douteuse, quelquefois mauvaise; je l'admets volontiers à défaut de lois écrites et de dispositions précises sur une matière; mais je ne pense pas qu'elle puisse faire ployer devant elle la volonté clairement exprimée du législateur; ici cette autorité me paroît, comme elle a paru à soixante et onze nobles pairs, devoir être vivement repoussée. On ne me fera jamais comprendre comment la Cour des Pairs, parce qu'elle aura deux fois commis une erreur, devra nécessairement commettre une troisième fois la même erreur; comment, parce qu'elle aura dans un ou plusieurs jugemens rendus par elle enfreint la loi, elle se trouvera condamnée à l'enfreindre dans tous les jugemens qui suivront; comment, enfin, l'on pourroit dire à ceux qui la composent, sans faire trop de violence à la raison : Vous êtes engagés dans une mauvaise voie; vous vous en apercevez, mais vous ne devez pas vouloir en sortir. Eh! que diroit-on d'un homme qui, deux fois injuste, s'écrieroit : Il faut que je sois injuste toute ma vie?

Je ne suivrai donc pas le noble pair dans ses développemens des précédens qu'il invoque ; je n'ai d'ailleurs aucuns motifs pour m'appesantir sur les faits relatifs à la condamnation d'un illustre guerrier, condamnation qu'à l'exemple du noble pair, je qualifierai de douloureuse ; je n'ai aucuns motifs pour mettre le public dans la confidence de l'opinion que j'en ai pu prendre.

Je ne discuterai pas non plus les faits qui se rapportent à la troisième affaire dont s'est occupée la Cour des Pairs, quoique je pusse le faire peut-être avec beaucoup d'avantage; mais comme les débats assez vifs auxquels ont donné lieu les dispositions de l'arrêt rendu, n'ont point dépassé, du moins officiellement, l'enceinte consacrée aux délibérations de la noble Cour, je ne crois pas que les convenances permettent à un écrivain étranger à la pairie de révéler et de chercher à approfondir les faits qui pourroient être venus à sa connoissance ; ce que je puis dire, c'est que des faits existent, et que ces faits sont tels, que lorsqu'il s'est agi de prononcer dans l'affaire jugée le 24 novembre dernier, il n'est pas un noble pair qui, en déposant son vote sur la culpabilité, n'ait pu savoir parfaitement *ce qu'il alloit faire* et ce qui alloit en advenir.

D'ailleurs, pour moi comme pour le public, la question n'est pas là, elle est tout entière dans celle du droit ; je l'ai déjà dit, elle est très-simple, elle n'est pas autre que celle-ci : *Les pairs de France réunis en Cour de justice peuvent-ils se croire au-dessus de la loi ?*

On ne sauroit ici pousser loin le raisonnement : dès le premier pas, on arriveroit à l'absurde ; et comment les pairs de France pourroient-ils le croire ? Par quels motifs, par quelles doctrines, justifieroient-ils une telle prétention ? Existe-t-il à cet égard dans l'ensemble de notre législation un seul point, je ne dirai pas positif, mais seulement douteux ? Le texte de nos lois, prescrivant aux Cours de justice le mode de procédure, est-il assez clair, assez précis, assez impératif ? est-il susceptible d'interprétations ?

Invoqueroit-on la souveraineté de la noble Cour ? mais qui ne voit que cette souveraineté n'est autre que celle d'un tribunal qui juge en premier et dernier ressort, sans recours ni appel, sans avoir à rendre compte de ses jugemens, lors même qu'il y auroit soupçon d'illégalité ? La Cour de cassation, dans ses attributions fixées par la loi, est aussi souveraine, et assez souvent par extension, ou, si l'on veut, par courtoisie, l'on donne cette qualification à nos Cours royales, sous le prétexte sans doute qu'elles jugent souverainement quant au fond ; mais à tort cependant, puisque leurs arrêts peuvent être invalidés par la Cour suprême pour vice de forme.

La Cour des Pairs est placée au sommet de notre

hiérarchie judiciaire, et ne voit rien au-dessus d'elle ; mais elle ne diffère des autres Cours du royaume que par le rang qu'occupent ses membres dans l'ordre politique et par le choix des justiciables qui lui sont donnés : la Cour des Pairs juge d'une manière souveraine sans doute, mais elle juge, ou doit juger avec la loi, selon la loi; dans le cas contraire, elle juge arbitrairement ; et, loin de s'élever dans l'opinion, elle y peut descendre au niveau d'un tribunal spécial, et court risque d'être assimilée à une Cour prevôtale.

Le noble pair a évité dans son écrit la discussion de la question de droit, ou plutôt, selon ses expressions, il l'a *confondue avec celle du fait*, qui lui paroissoit offrir quelques moyens de succès à l'opinion qu'il défendoit ; mais, ce qui est fort remarquable, il n'a pas dit un mot du considérant placé en tête de la déclaration des cinquante - deux nobles pairs ; je saisis avec empressement cette occasion de rendre hommage à la loyauté d'ailleurs si connue du noble pair ; le considérant a été jugé, il ne sauroit donner matière à réfutation ; les principes qu'il pose sont tout-à-fait incontestables ; je dois toutefois les rappeler, car tout est là.

PREMIER POINT : « Attendu que, selon l'article 1er
» de la Charte, tous les Français sont égaux devant
» la loi, quels que soient leur rang et leur titre. »

Si le noble pair n'avoit pas déclaré qu'il tenoit pour inintelligible l'intervention de cet article de la Charte dans la déclaration de ses nobles collègues, je croirois vraiment inutile d'établir ici comment l'arrêt rendu porte une atteinte sensible au droit proclamé dans cet article ; le voici.

Je n'ai nullement besoin de recourir à d'abstraites définitions : je vais droit à l'application ; les vérités pratiques se voient, se touchent, et sont de beaucoup préférables aux théories toujours plus ou moins obscures.

La Cour des Pairs a été appelée à juger des prévenus dans la conspiration du 19 août 1820; la compétence de cette Cour n'étant pas encore réglée, cette affaire pouvoit être évoquée à une Cour d'assises; des affaires absolument semblables à celle-ci, offrant le même délit, présentant des faits identiques semblablement incriminés, ont occupé (et récemment encore) plusieurs Cours royales; on ne sauroit enfin révoquer en doute, qu'en raison du sens interprétatif que présente l'article 33 de la Charte, le gouvernement pourroit encore aujourd'hui renvoyer, à son choix, des prévenus de conspiration, soit devant la noble Cour, soit devant les assises d'une Cour royale; et j'ajoute que par des motifs de la plus haute politique, le gouvernement, lorsqu'il présentera une loi de compétence, ne voudra point se lier par des dispositions absolues, et se conservera toujours une certaine latitude pour décider ou faire décider, dans certains cas, par la Cour, la question préalable de compétence. Eh bien, voici ce qui pourroit arriver dans la seconde hypothèse.

Un procès s'instruit : les questions sont posées, résolues; la culpabilité prononcée au même degré que celui fixé par la noble Cour; les juges, qui ne croient pas pouvoir violer la loi, la loi fût-elle vicieuse, ouvrent le livre où elle est écrite, ils appliquent la peine qui s'y trouve placée en regard du délit qualifié; ils ont rendu leur arrêt; il y a condamnation : rapprochez cette condamnation de celle portée par la noble Cour, vous voyez deux citoyens, deux Français, tous deux déclarés coupables au même chef, tous deux ayant encouru la même peine, prescrite par la même loi; ils sont cependant atteints de peines différentes; leur sort ne sera pas le même : l'un pourra avoir perdu l'honneur, par l'application d'une peine infamante, l'autre n'aura perdu que sa liberté. Pourquoi ce privilége accordé au justiciable d'une Cour sur le justiciable d'une autre Cour? Que devient l'égalité devant la loi?

Mais il y a plus, et la question, déjà si grave, va

le devenir encore davantage ; cette atteinte portée
à un droit reconnu par la Charte, peut résulter de
deux arrêts rendus par la noble Cour, dans deux
affaires semblables ; après avoir dans l'une appliqué
arbitrairement une peine inférieure à celle du Code,
elle pourra vouloir dans l'autre appliquer la peine
légale. Mais, position étrange ! la légalité dans ce
cas sera encore de l'arbitraire : le coupable auquel
il ne profitera pas demandera pourquoi il est plus
sévèrement puni que ne l'a été tel homme déclaré
non moins coupable que lui, et il ne le demandera
pas seul ; car il ne faut pas perdre de vue que la
plupart des délits dont la noble Cour est appelée à
connoître, sont des délits politiques, et que les prévenus qui lui sont envoyés appartiennent et appar-
tiendront toujours à une opinion.

Que si les passions venoient à pénétrer dans une
Cour des Pairs (et où ne peuvent-elles pas pénétrer !),
si seulement le public, à tort ou à raison, en conce-
voit la pensée, ne voit-on pas à quel point cette noble
Cour verroit sa dignité compromise par l'effet d'un
pareil soupçon, et combien des pairs de France auroient à rougir s'ils étoient jamais réduits à venir
rendre compte devant l'opinion d'un jugement qu'elle
n'auroit pas approuvé ?

Et que seroit-ce, si cet arbitraire exalté venoit à
dépasser la pénalité légale, à prononcer une peine
plus sévère que celle prononcée par le Code ?...
Cette supposition est choquante, s'écriera-t-on ; un
tel événement n'est pas probable, il n'arrivera jamais.
Pas probable, je le veux : mais est-il possible ? Ecou-
tez : il ne faut pas vouloir scinder l'arbitraire, et le
présenter par son beau côté ; ce n'est pas ma supposition, c'est cet arbitraire même qui est prodigieu-
sement choquant, qui que ce soit qui l'exerce, voire
même une noble et très-noble Cour des Pairs ; sous
quelque forme qu'il se présente, couvert d'hermine
ou de la poussière des bureaux, du moment qu'on
l'accepte, il faut le prendre dans son entier, avec

toutes ses chances, ses conséquences diverses, et ses accidens très-variés; il est pénétrant de sa nature, il est entré par le procès du maréchal, jugez si les dispositions lui manquent. Vous l'avez administré d'une manière douce; c'est très-bien : mais qui vous dit que vous n'aurez pas des successeurs qui l'administreroient d'une manière acerbe?

Une objection se présente, je vais au-devant.

Les pairs de France formés en Cour de justice réunissent les fonctions de jurés et de juges; comme tous les jurys, ils *arbitrent* la culpabilité, et sous ce rapport ils sont en contact avec l'opinion publique.

Voici ma réponse, je la soumets aux hommes qui ne sont pas sans quelques connoissances du cœur humain. En matière criminelle, la culpabilité se règle avec la conscience, et cette voix-là ne trompe jamais; lorsque la peine n'est pas appliquée par la loi même, ou, ce qui est pis, lorsqu'au mépris de la loi, l'on se refuse à l'application qu'elle a prescrite, *la pénalité* se règle avec des opinions, des préjugés, des passions.

Si l'on trouve cette assertion hasardée, si l'on demande des faits à l'appui, voici des faits :

Dans les deux derniers procès jugés par la noble Cour, une majorité s'est trouvée pour prononcer sur la culpabilité; elle a manqué (et de beaucoup) lorsqu'il s'est agi de prononcer sur la pénalité, en présence d'une minorité décidée à faire fléchir devant elle le texte précis de la loi.

Quelles réflexions n'ont point fait naître de tels faits? jusqu'où la pensée publique n'a-t-elle point porté son investigation?... Je m'arrête : la faculté d'exprimer et de motiver ses opinions, accordée par nos lois, et plus encore par nos mœurs, a beaucoup d'étendue; mais elle a ses limites, et l'on méprise justement l'écrivain qui les dépasse.

DEUXIÈME POINT DU CONSIDÉRANT. « ... Que par » l'article 67 (de la Charte) le Roi a seul le droit » de faire grâce et de commuer les peines. »

L'arrêt est prononcé ; du sein de la minorité qui l'a dicté, une voix s'élève : pénétrée de l'esprit dont est empreint l'arrêt, elle adresse au condamné cette allocution :

Vos juges, à une majorité légale, vous ont déclaré coupable de tel délit. Voici la peine que vous avez encourue ; c'est la loi qui la prononce, et sans la violer nous ne pouvions vous en appliquer une autre, mais par des motifs dont nous ne devons compte à personne, nous avons trouvé cette peine trop rigoureuse dans cette occurence, nous aurions pu, à l'instar des autres Cours de justice du royaume, invoquer la bonté du Roi, nous savons qu'elle est inépuisable, et nous ne doutons pas qu'il n'eût accordé à notre intervention une grâce qu'il ne refusa jamais à des interventions bien moins élevées que la nôtre ; nous n'avons pas voulu en agir ainsi : juges souverains, et forts de l'inviolabilité de nos arrêts, nous avons mieux aimé nous associer à la prérogative royale que d'y avoir recours ; nous aurions pu vous faire jouir de la clémence du monarque, nous avons préféré vous faire jouir de notre propre clémence ; *nous avons commué votre peine :* rendez-nous donc ces actions de grâces que l'on ne rend qu'aux Rois ; inclinez-vous devant notre tribunal comme vous vous seriez incliné devant le trône, et bénissez le nom de vos juges, comme vous auriez béni le nom du fils auguste de saint Louis.

Troisième et dernier point du considérant. « Que, selon l'article 68 (toujours de la Charte), » les lois actuellement existantes restent en vigueur » jusqu'à ce qu'il y soit légalement dérogé. »

L'on se plaint des vices qu'offre notre Code criminel : je suis très-persuadé que ces plaintes sont fondées ; et, comme tous les hommes qui ont le cœur bien placé, je désire vivement la révision de nos lois pénales et leur adoucissement ; ces lois portent l'empreinte de l'époque qui les a vues naître, et ne conviennent pas sous un gouvernement qui, fort de sa légitimité n'a pas besoin de trouver des accusés plus coupables qu'ils ne le sont en effet. Voilà ce qui est vrai, mais ce qui l'est encore davantage, c'est qu'il n'est pas permis de violer les lois lors même qu'elles sont mauvaises; c'est que la loi rendue oblige, jusqu'à ce qu'une loi nouvelle vienne relever de l'obéissance qu'elle imposoit. Dans quel désordre un Etat ne se trouveroit-il pas jeté, si l'administrateur, le juge, le collecteur des deniers publics, venoient à enfreindre les lois, sous prétexte qu'elles sont imparfaites?

On invoque la jurisprudence des Parlemens (1), vœu qui peut paroître étrange quand on sait combien elle étoit défectueuse, quand on repasse en sa mémoire les tristes jugemens qui en sont sortis; mais que pourrai-je dire ici, que le noble pair ne sache mieux que moi, ne sache trop bien? Quoi qu'il en soit, j'aimerois mieux voir des pairs de France, réclamer légalement la jurisprudence des Parlemens et les Parlemens eux-mêmes, que de les voir, en présence d'une législation en vigueur, et d'une Charte toute vivante (2), rendre leurs arrêts comme s'il n'y avoit ni Charte ni législation.

Troisième et dernier point du considérant : « At-
» tendu enfin qu'aux termes de l'art. 369 du Code
» d'instruction criminelle, tout arrêt de condamna-
» tion doit contenir textuellement l'article de la loi
» qui qualifie le crime et porte la peine.... »

---

(1) Je ne puis m'empêcher de faire remarquer avec quelle facilité les partis font, au besoin, fléchir *les principes*; si des pairs de France qui *rêvent l'ancien régime*, comme disent si bien nos bons amis les libéraux, sautant à pieds joints par-dessus la Charte et la législation, avoient vanté les Parlemens, quels cris, quelles clameurs ne se seroient pas élevés du sein de l'opposition! Les Parlemens! l'arbitraire!...

Mais s'agit-il de nobles pairs réputés appartenir (réputés est bien le mot pour celui qui connoit les positions!) à l'opinion qui veut bien prendre la Charte sous sa protection spéciale; indulgence plénière : tout est pour le mieux, l'arbitraire a son mérite; et l'écrit du noble pair obtiendra dans les feuilles du parti les honneurs d'une insertion que probablement il n'a point demandée.

(2) Vivante au moins dans le cœur des Français!

Il n'y a ici rien à discuter ; il faut ouvrir le Code, chercher l'art. 369, et vérifier la citation ; je laisse au lecteur à juger de son importance.

En résumé : la protestation des cinquante - deux nobles pairs, qui, dans la réalité, appartient à soixante et onze membres de la Cour, unis par le même vote, m'a semblé un acte d'une parfaite convenance, d'une grande justice, et d'une très-bonne politique ; elle m'a semblé très-bien motivée, fortement appuyée sur le texte de la Charte et celui de nos lois ; il m'a paru résulter de cette déclaration, rapprochée des faits antérieurs, qu'une majorité imposante dans la Cour des Pairs avoit manifesté deux fois ; que ne se croyant nullement engagée par les précédens, d'ailleurs si dissemblables du procès du maréchal, elle n'avoit jamais eu la pensée de consacrer l'arbitraire dans sa jurisprudence, et d'admettre qu'elle eût le droit d'appliquer des peines autres que celles prononcées par le Code ; il m'a paru que cette majorité avoit deux fois subi une nécessité ; qu'à la seconde elle avoit cru ne pouvoir différer davantage de satisfaire à ce qu'exigeoient les consciences justement alarmées ; et qu'elle se devoit à elle-même, comme au public, de faire connoître ses principes.

J'ai vu avec une extrême satisfaction, je l'avoue, une grande partie des nobles pairs qui, par l'effet d'une prévention excessivement fausse, sont réputés peu disposés *à entrer dans la Charte* et à se pénétrer de son esprit, saisir la première occasion qui s'offroit à eux de proclamer solennellement leur attachement à cette même Charte, leur respect pour les droits consacrés par elle, et ne pas hésiter à reconnoître que le principe dominant, le trait caractéristique de cette forme de gouvernement que nous tenons de la sagesse et de la bonté du Roi, est celui - ci : *La loi partout, l'arbitraire nulle part.*

En traçant cet écrit, j'ai voulu aussi, au moment où l'on parle de régler la compétence et les pouvoirs de la noble Cour, mettre au jour et contribuer, selon mes foibles moyens, à faire prévaloir cette idée essentielle, *qu'il ne faut pas, dans l'intérêt même de la pairie, que des pairs de France, exerçant à la fois des fonctions politiques et judiciaires, soient investis du droit de rendre arbitrairement leurs arrêts.*

J'ai cru, en traitant ainsi la question, donner une preuve non équivoque de mon respect pour la Chambre des Pairs; jai cru montrer que je comprenois bien toute l'importance de cette grande institution; par la volonté d'un législateur auguste; par le seul fait de son existence, la pairie est déjà placée très-haut dans l'opinion, mais il lui est donné de s'élever encore. La plupart de ses membres n'ignorent pas à quelles conditions il faut qu'ils satisfassent pour la porter au rang qui lui est réellement assigné dans notre ordre social; certes, ils entreroient mal dans la voie qui leur est ouverte, s'ils défendoient les prétentions imprudemment émises par quelques uns de leurs collègues; on pourroit penser, avec trop de raison, que des pairs de France, disposés comme juges à accepter l'arbitraire, ne seroient pas assez éloignés de l'admettre dans l'exercice de leurs attributions législatives.

Ah! loin de le demander pour eux, qu'ils soient prêts à le repousser, à le combattre; qu'ils réclament ces belles institutions auxquelles la stabilité du trône, le repos de la France, sa gloire et son bonheur sont attachés; qu'ils déclarent inviolable cette précieuse Charte, que le Roi nous a donnée; et que, recueillie dans leur sein comme dans un sanctuaire, elle soit incessamment offerte par eux aux respects des peuples; par là ils apprendront à ceux qui l'ignorent encore, qu'ils ne sont pas seulement appelés à jeter de l'aristocratie dans la balance politique; leurs destinées sont en effet plus hautes; protecteurs de nos libertés, il leur appartient de les défendre. On les a crues un moment en péril; la sagesse d'un monarque que nous ne saurions assez revérer et chérir, devoit nous rassurer ; il y aura toujours en elle de quoi satisfaire à tous nos besoins.

Un nouveau ministère est formé, il présente plusieurs noms en possession d'une haute estime ; il a beaucoup à faire, sans doute (1), mais de quels obstacles ne pourroient pas triompher des hommes d'Etat pénétrés de sentimens vraiment français.

Pour nous qui, persuadés que le trône et les libertés publiques sont désormais inséparables, les confondons dans un même amour, nous serons toujours prêts à accueillir un ministère, qui déclarera vouloir les servir, et les faire concourir à rendre la France heureuse et paisible au dedans, respectable et forte au dehors.

Quant à cette question d'arbitraire qui divise encore, quoique bien inégalement, la Chambre des Pairs, elle ne peut manquer d'être bientôt résolue. La Chambre discute en ce moment deux propositions qui lui ont été soumises par un de ses membres : l'une a pour objet de régler par *une loi* la compétence de la Cour ; l'autre, par *une ordonnance*, les formes de sa procédure ; si l'assemblée admet que ses pouvoirs puissent être ainsi réglés par voie d'ordonnance, elle décide évidemment la question ; mais il pourra s'en présenter une autre, et assez délicate. Une ordonnance du Roi suffira-t-elle pour rappeler au respect de la loi des nobles pairs qui l'auroient méconnue ? je ne le pense pas, et je crois qu'après y avoir réfléchi on s'apercevra qu'une loi est à faire pour déclarer que des pairs de France n'ont pas le droit d'enfreindre les lois faites.

---

(1) On mettoit cette feuille sous presse lorsque j'ai eu connoissance des nominations.

Dans un écrit que je publierai prochainement, je dirai quelles sont les difficultés que me paroît devoir rencontrer le ministère, et quelles conditions il a à remplir pour consolider sa nouvelle existence : mais ce que ses vrais amis ne sauroient trop tôt lui dire, c'est que ces difficultés sont grandes.

IMPRIMERIE DE LE NORMANT, RUE DE SEINE N° 8.